句集　記憶の扉

臼井悦子

Usui Etsuko

風詠社

目次

序にかえて

秀句の条件

飯田龍太

産着縫ふこと涼しさのはじめなり　　臼井悦子

生まれ出づる子の産着《うぶぎ》を縫うことは、母にとってこの世の至福にちがいない。白一色の木綿の手触り。涼気四辺に漂うころ。それを朝夕ととってもいいし、あるいは晩夏のころと解してもいいが、この句の「はじめなり」は、「産着縫ふ」にもかかって眼前にひろげた白衣を清潔に描く。至福といったが、そこにはかすかな不安もないわけではあるまい。あるいはときめきと緊張と。涼気は、そんな心理も含まれての感受にちがいない。

（俳句入門　三十三講　講談社学術文庫）

秀作について　飯田龍太

風邪の子を抱きわが病わすれゐる　臼井悦子

「焼野の雉子《きぎす》夜の鶴」とはよくいったもの。母性愛は理屈抜きで胸にしみる。その囁きがききとれたら、多分そのまま詩になるだろう。なんの粉飾もない言葉がなによりも尊いのだ。溜池に落ちて溺死した子を、素裸になって夜通しあたためていたという実話を耳にしたことがあるが、たとい高熱であろうと、この子にはたしかな鼓動がある。吐く息が耳朶にふれる。どうやら眠りについたようだ。こころなしかいくぶん熱もさがって来たように思われる。「ああそうだ、わたしも病人だったんだ」と、ひそかな安堵のなかでふと微苦笑が湧く。

（「雲母」昭和五十七年三月号）

第二回　東海雲母の会

昭和六十二年十一月七日（土）八日（日）
於　岐阜市北部コミュニティーセンター

飯田龍太選　特選

やや殺気あり七月の簪は　臼井悦子

特選句講評　飯田龍太

この「やや」ってのは実に巧いね。「殺気あり七月の簪は」っていうと殺気がやや妖気になる。「やや」って緩めた表現によって妖気でもこれは一瞬の印象。粋な女性の髪にちらりとそれを見ても、又それは簪だけを見てもいい。そして七月の暑気の中、ちらりと見た簪に殺気を覚えたというのはやはり、並の感覚ではない。然し感覚を「やや」という言葉で圧えた所が非常に巧みです。

（「雲母」昭和六十三年一月号）

雲母入選句

――昭和五十二年

馬追や祈りはいつも内にあり

曼珠沙華いつも変わらぬものが好き

――昭和五十三年

溝蕎麦や人見知りする子の笑顔

茶の花のころんと落ちて昼近し

木枯やまっすぐに立つ馬の耳

鐘楼へ近みちありてぐみ熟るる

目に触るるものみな動きだす冬へ

ひとことも言はず白鬚の暦売

銀座

初騎やわが蹄跡を夫が追ふ

頼まれしこと果たしきて冬の雷

尊敬といふ早春のおもひあり

優しさがすべてと思ふいぬふぐり

春雷のさ中ワインを買ひに出る

遊技場出て夕ぐれの風車

はじめての道なつかしき豆の花

春光のホームを鳩が歩きまはる

鹿の子が大路に立ちて人をみる

植林の風吹きとほる夏薊

笹ゆりや真昼の雨がすきとほる

かやつり草ぬくときなにもかんがへず

えにしだやなまあたたかき牛の息

ゆふすげや信州大学農学部

炎天の動かぬものに郵便局

音すべて消えゆく果ての夏がすみ

鳶がちかづく炎天の石切場

昼すでに雲湧く山へ竹煮草

けしゴムがころがってゆく夜の秋

曼珠沙華水は流れてゆくばかり

仲秋のしきりに魚の飛びし夜

――昭和五十四年

ひややかに唇あててみる腕時計

少年といふことばのひびき銀やんま

行く秋の煎じ薬の匂ひかな

もてなしの吸ひ物の椀寺澄みて

青蜜柑たしかににほふ峠口

向きかへる馬の気配も秋の夜

みづうみをゆくしんしんとつめたき手

ひとの死へ十一月の鳶の笛

人恋しくて立ちどまる十一月
新しき陽ざし新しき足袋をはく
肉親の縁うすくきて冬ぬくし
わが声におどろき冬の実がまっか
こがらしは優しきものか予後の海

もの記さぬ日々の優しさ春めきて

稽古着の袴をたたむ春立つ日

花屋には花屋のにほひ冬終る

やはらかき冬至の空を見てゐたり

ストーブ赤し袂のほころび縫ふときも

家具を見てゐる春昼の百貨店

卒業の日の校庭のポプラの木

遠ざかるひとの背中も二月尽

春愁の遠目指輪をまはす癖

原紙切るおと指先よりあたたかし

人間がゐて寥寥と涅槃寺

木々芽ぶく霊山うつらうつらなり

すみれ淡くして水は太平洋へ

滝さんさんと木苺の花ざかり

鳥の影ふいに八十八夜かな

春ぼうぼうと金襴の扇入れ

城趾へのみち幾すぢも初つばめ

裸心なり桜のしべのふる下は

指いっぱいひろげてはかる桜鯛

逃水や峠はいつも夏のにほひ

旅にでる前のこころの夕蛙

捨てきれぬものをおさめて薄暑かな

しあはせはしづかな山の黒つぐみ

夜もにほふ蕊のつめたき月見草

山繭のひかりあつまる雑木山

十日寝て十日のつかれ梅雨寒し

鳥たちが鳴いてこの世の五月闇

あをじ鳴いて大雪の山あかるくす　北海道

霧ながれきて海にでるかもめたち　北海道

梅雨の夕雲に秋気のあることも

雨あとの夕映えことに丈山忌

微熱十日豆腐屋がゆく日の盛り

うつうつと夏の帯みて鳥をみて

どこにゐてもメロンのにほふ一日なり

病院と駅真向かひに晩夏光

朝のからすに新涼の風がゆく

朝の南風枕辺にならぶ採血管

土踏まぬ日々めらめらと秋がくる

音だけが生きて真夏の闇の中

金星を見てゐる畦の曼珠沙華

みづみづしきはあきばれの星一つ

べつべつの眠りいざなふ鉦叩

微熱ありし初もみぢは散りやすし

朝涼しくて鳩の赤き足をみる

――昭和五十五年

まひるの病院木犀の中にあり

曇天のひかりは蒲の穂にかへり

髪かわく間もこうこうと良夜かな

本ばかりふえて二タ間の秋暑し

浮子に塗るうるしのにほひ秋の夜

秋深し眠りにおちる夜明け前

生きること死ぬこと冬の曼珠沙華

あたたかき思ひがいつも冬日和

真白な犬と瞳が合ふ冬立つ日

海あかるくて水鳥たちの冬
正月のせきれいがゐる造船所
かもめ見にきて正月の海しづか
優しきひとたちやさしき冬の空
冬の暮前世はのら犬かもしれず

長い一日短い一日年ゆけり

雪吊りや古都に雪の降らざる日

一月の陽がゆらゆらと舟だまり

おそろひのベッドを買ひし小正月

海に竹数本立ちて冬うらら

いそしぎがなぎさを歩く春隣
血を採られゐる早春の診察室
注射してきて早春の日があかし
後悔といふ梅の香のごときもの
乳捨てし記憶がふいに枯野原

女であること枯野をゆくごとし

初ひばり心のかよふ人とゐて

初蝶と思ふ優しき人とおもふ

別れとは別のかなしみ春の雪

矢絣を着て早春の風の中

ヨット造るかたはらに居てあたたかし

話したきことばを胸におぼろの夜

かもめみな同じ方向き春の風

春昼の海図ひろげし大机

釣竿の穂先をなほすおぼろの夜

神宮の真菰をわたる風の音

野いばらがにほひて海を遠のかす

抱きしめたきおもひ真夏の黒鹿毛は

雉子翔びし一瞬ながきあをさあり

春の海かがやき夫唱婦随かな

鳥帰る目眩のあとの刻のなか

優しさは男のつよさ夏に入る

かなしみはよろこびに似て明易し

笹ゆりのにほひの中にゐて怠惰

小鳥屋に小鳥きてゐる夕立中

ナイターのはじまる浅葱いろの空

すぐ寝つく夫をみてゐる涼しき夜

きぬぎぬのわかれのやうな夏の雨

病院の時計まちまち夏の雨

愛されてゐて初夏の湖をゆく

髪切るは自責のおもひ夏がゆく

病院へゆく日の雨のさるすべり

花よりも蓮の葉ゆれて海の風

蓮田いちめん海風のにほひかな

片恋のごとたそがれの曼珠沙華

すすき野はあをき深空と風ばかり

高原の風吹きかはるすすき原

新涼や詩を読むための手をあらふ

一室の窓あけておく星とぶ夜

――昭和五十六年

子は産むべし十月は生きるべし

霧雨は時をうしろへもどすもの

実をつけぬ木のやすらぎをみし暮秋

九月十三夜蘇生のおもひあり

日記とは寒きこころを記すものか

まなうらを馬かけぬける曼珠沙華

かなしみに泣くこゑ捨てし日蓮忌

またひとつ病名がふえ八ツ手の芽

秋さみしことに素直になれぬ日は

書斎にゐる時間が澄める冬隣

鳥ばかりみてきて釣瓶落しかな

稽田に降りし小鳥を見失ふ

夢いつも失ひやすく冬を病む

寒風のホームにどっと高校生

また別のおもひつたはる冬の雉子

数へ日や残りし薬捨てられず

精神病院大寒のこゑのなか

四温光こころ遠くになりしかな

冬ぬくし診察室から二三人

家中の花いけて年暮るるなり

斎宮も采女もかなし冬の虹

人を欲るものに港の都鳥

梅早し山のメジロは人をみる

酢牡蠣つるりとかなしみの瞳を伏せる

きさらぎの一日ときめく風なりし

看護婦も医者も病者も雪をみる

鏡台の小ひきだしから桜貝

ひっこしの荷づくりをとくおぼろの夜

春寒しあくびのあとの涙ほど

春ゆらゆらと時をりの空腹感

病院を出ていちめんの犬ふぐり

胎動といふあたたかき闇のこゑ

花冷えの夜の東京タワーかな

春雷をきいて絶対安静中

葉桜や胎内に紅さしてくる

乳房はる桜の下をゆくときも

花の夜の眠りに箸を洗ふおと

芽吹きたる欅を仰ぎひとりなり

胎の子を夫がみてゐる五月かな

かなしき目して夏に入る獣たち

神田古書街たそがれの五月かな

満身の力を初夏の胎児かな

受付けにすこし間があり山ぼうし

優しさに馴れてかなしくなる跣足

断ち切れぬひとつのおもひ髪洗ふ

あぢさゐや記憶をなくす術知らず

かなしみの初夜をおもへば明易き

夏足袋をはき純潔のおもひあり

夏の夕大きなものに抱かるる

激しきものに夕ぐれの燕の子

産着縫ふこと涼しさのはじめなり

こころとけゆく暑き日を腕の中

少年のまなざしにあふ白絣

祭の灯みてゐる夫を見てゐたり

少年の日の夫を恋ふ真夏の夜

胎動のはげしさに馴れ涼夜なり

夕ぐれの海をみにゆく帰省かな

こころあずけて炎天の海へゆく

産着縫ひ終へまっさをな秋がくる

三日月や雲の気配をうしろより
白きパラソル豊満な陽をあつめ
いつまでも夫がみてゐる盆の月
わが子明日香月光よりもかぐはしき
みどりごの頬にくちづけ良夜なり

みどりごの手足の強さ秋暑し

さはやかにみどりごのつめよくのびる

いま生れし髪にふれたき秋の夜

夫に似しみどりごを抱く秋の夜

夫が書く命名の文字月夜にて

――昭和五十七年

後悔も妬心もすでに露のなか

転生か帰依か夜明けの曼珠沙華

秋風や生れしばかりの子と話す

朝寒や青き花びんの水かへて

天使とも菩薩とも夜のいわし雲

たあいなく睡りにおちる露の夜

空を飛ぶものにこがらし子の寝息

せきれいの黄に日の暮れる寒さかな

木枯のにほひ真昼の中学校

風邪の子を抱きわが病わすれゐる

大年の樹々大いなる意に添へり

常緑樹おほむね寒き木とおもふ

子の眉毛ふいに濃くなる十二月

風強き海の上とぶ真鴨たち

みどりごが鳩をみてゐる日向ぼこ

いさかひか相聞か冬空の鳶は

人を欲り人をおそれて年暮るる

よく笑ふ子に湯ざめなどあらず

大寒の日矢さしわたる水の上

風邪の子が寝返りせんと手足あぐ

許すことできぬかなしみ冬銀河

水温むますます白くなる襁褓

まなざしの子に似てをりし男雛かな

しばらくは漆のにほふ雛の間

あれが乗鞍雪嶺に手をのばす
山裾の梅も蜜柑もメジロの木
風車黄泉のこゑもて廻りけり
いとし子をさみしがらせて春の霜
わすれな草あをし子の墓も蒼し

葉桜や花立てとなる牛乳瓶

おぼろ夜の大きなものに嬰の影

いつ目覚めても連翹のやうな笑み

春の夜のおもひに源氏物語

春風やおとぎの国のドアを閉づ

男よりをんながかなし花まつり

はるかよりわれを呼ぶ声夕薄暑

海へ出る径満開の花いばら

過ぎてしまへば痛みも嘘もかぎろへり

ひばりいっぴき日輪に触れんとす

また別の吐息きこゆる雛の間

あどけなき寝顔みてゐて明易し

過去となる一日昏れゆく薄暑かな

記憶とはふいに泣きだす春の月

泣く子笑ふ子椎の香がつきまとふ

夏霞むかなたにいつも海があり

寺涼しことばをもたぬ水子たち

父を待つ子にひとつぶのさくらんぼ

パリ祭のいま太陽が鬱とあり

早起きの夫に夏掛けなほさる

うれひ顔して紫陽花のまことかな

短夜の歯のあとひとつある乳房

芋の葉にやんちゃな風の吹く日なり

たれかれの句がつぎつぎに雲の峰

蓮の花ひらきをり子が笑ひをり

胎内にわがある夢をみし晩夏

アイスクリームより頼りなきふくらはぎ

一本のローソク炎えてゐて涼し

葛の愚に追ひつめられし虚空あり

虫の夜やふたあいてゐるおもちゃ箱

子をしかる声がきこえる露の家

露といふことわり一期一会かな

ぼくぼくと馬牽いてゆく鬼やんま

京都

滝涼しふいに昔のことをいふ

たとへば夏の太陽をみし瞳かな

夏がゆくカルテを盗み見るやうに

椎の実をひろひ憶良の目をおもふ

雨あとのむくげに山車がふれゆけり

いっせいに貌だす馬や秋の暮

――昭和五十八年

みどりごの涙みしより露けしや

子の笑みに応ふるときも毛糸編む

みどりごを抱きシリウスに触れてみる

ライオンの檻へ落葉を焚くけむり

欲しいもの欲しいと言へず竜の玉

十六夜やつぎつぎに舟出でてゆく

注射してきて柊の花ざかり

たえまなく音のしてをり冬の昼

風邪ごこちしてわが踵火のごとし

霜の夜の吾子観世音菩薩かな

医院ありあたたかき灯が八方へ

書きかけの手紙気になる寒き夜

書棚拭きゐて漱石の忌とおもふ

一月のしちりんならぶ陶器店

落葉ひらひら陽がさして水の上

冬夕焼太陽を見たくて急ぐ

夫と来て祝の箸を三つ買ふ

音のよきでんでんだいこを買初に

あたらしき日記真白きゆゑ不安

寒ざむとうつくしすぎる言葉かな

馬消えしあとの牧場寒夕焼

なにもかも地に張りつきし寒夕焼

松ぼっくりころがる蓮花臼のそば

悼　雄ちゃん

冬の花呼べば目覚むるかと呼べり

死にし子に靴はかせゐる寒さかな

死神につき離されし寒さかな

春塵や蹄鉄を打つ一日なり

馬の瞳の大きさ冬の銀河ほど

とばず騒がず極寒の灯台は

大粒の涙とびちる犬ふぐり

しばらくは泣かずみてゐる紙風船

吾子ひとつ釈迦へちかづく花の中

夫と子のおなじ寝すがた花疲れ

よちよちの子が花びらを受けとめる

花まつり母より父を恋ふ日かな

えにしだの黄のとろとろと空へとけ

葉桜や鐘つきにゆく修業僧

さみしさを引きずってゆく鹿の子かな

おさなごの美醜は知らず枇杷は実に

犀老ゆるメタセコイアの芽吹く中

短夜やふっと底なし沼のこと

看護婦の影ほの白く明け易き

いくたびも大河を渡る桜桃忌

泣きながら子が起きてくる露の夜

人居れば人にほほえむ蓮の花

身のうちのどこか冷えゐる花の夜

少年のにほひ真夏のをとこたち

いっしんに海恋ふてゐるノゴマかな

緑蔭のおさななじみのふたりかな

白南風や子の黒髪に潮の香

夏風邪のまどろみにふと母の胸

島抜の流人おもへり夜の南風

三宅島　六句

島役所跡大木に秋気あり

炎帝や性のちがひし湖ふたつ

やどり木四五本黎明の夏の霧

夏潮のしぶきあびたる鴉かな

地獄といふ名の岬なり雲の峰

青鳩のくちばし淡き夕日中

水よりも雲のかがやく蓮の花

火の山を見て八月の海をみる

空蝉ひとつ新しき墓の前

まっさきに蝉の鳴きだす野分あと

海に落つ太陽八月十五日

蓮の葉の雨粒ちらす晩夏光

おさな子になぐさめられてゐる晩夏

葛すすき海へ海へと鉄路のび

新涼の水瓶のぞく男の子

夜の秋のひそかなものに竹箒

島渡る日の皇居前ひろばかな

固さうな蓮のつぼみに触れてみる

蓮の葉をつらぬき蓮の花咲ける

しかられて泣く子眠る子秋暑し

プラタナス大きく揺れてゐて涼し

大学へまっすぐの径大夕焼

――昭和五十九年

木の葉散る富士見える日もみえぬ日も

朝寒し小げらが幹をたたく音

八ヶ岳から夕焼けのいわし雲

からまつ散る風とひかりのただ中に

清里　六句

山梨の実のびっしりと夢の中
胃薬のふたあいてゐる寒き朝
からまつの天辺淡し緋連雀
ある夜無月の川音をききにゆく
寒きもの捨つるからまつ林かな

小学校庭どこよりも冬陽濃し

花八ッ手甘えごころを許しをり

水色の夕闇牧の柵も冬

風邪十日夕闇をつれ薬売り

ゆく年のあかるき銀座通りかな

山越えてきしは春風師に隣る

思ひ出すことたのしみて芽吹山

雪重しふろや昔の香をはなつ

水飲みに起きて雛の目を感ず

大寒やちひさな銀の櫛を買ふ

葱そろへゐて占のことおもふ

ちちびとのかなしみをふと枇杷の花

祖母の世の銀座二丁目鳥帰る

美しきものの恋ふてをり寒の星

ささやくは慈母かわが子か冬あたたか

春霙無心なる瞳に見られをり

かなしみの声あげてゐる雪解川

きさらぎの鳶に帰心のなかりけり

立春のさきへさきへと鳥の声

東山魁夷の月の余寒かな

月現るる空のあかるさ石鹼玉

人を恋ふ涙に覚めし春の夜

子の手より受くいちりんの犬ふぐり

増上寺山門の花ふぶきかな

春昼の夢のつづきの大手鞠

東京を去る時冬の落暉見し

飛びさうな天の香久山夕がすみ

明日香村　四句

どこに降りても人くさき春の鵙

天下るごとき雲雀を見てゐたり

飛鳥坐神社石垣の白つつじ

春昼や翼もがれしおもひあり

帰路といふ人の世の旅鳥曇り

我をもたぬゆゑの明るさ桃の花

夏の川子をうばはるる思ひあり

短夜や子の黒髪をなでてゐる

大干潟ゆく馬刀《まて》貝取りの一家族

子には子のなげきあるらし梨の花

鳴きごゑのどこかさみしき燕かな

遠きほどさだかに白き葱の花

卯の花や少女に影といふものなし

あぢさゐの蒼甘えだす闇の中

失ひしものの行方や血止草

手を洗ふ癖いつよりぞ白絣

書いてすぐ出せぬ手紙も明易し

青梅の実の煮つまってゆく夜明け

明易しうつつに夢を見ることも

また別の世のことわりを月見草

螢火や分身といふ想ひびと

子の寝顔あるとき仏陀明易し

明易き寝顔に許し乞ふてゐる

心沈めば鬼灯のやうな笑み

郭公やわれも父欲し母が欲し

鳴きながら落つ終焉の蝉にあふ

草ひばり人恋ふてまた眠りゐる

しかられて泣く子眠る子露の夜

父と子がたなばたの竹伐りにゆく
夕風の紺流れくるてまり花
はたを織る音のかなたに黄金虫
篝火のたかき夜空を雁わたる
あるときは火をつめたしと薪能

北海道

気がかりのひとつは消えし涼夜かな

雁わたる真下小鍛冶の足鼓

新秋のやすけきものに魚焼く香

――昭和六十年

冬に入るこころに墨のにほひかな

三田五丁目プラタナス冬のこゑ
大屋根の鳩がみてゐる菊花展
浅草寺

返り花おのがこころをみつめゐる
曼珠沙華怒のごとき咳つづきをり
あたたかき子の頬に触れ眠るなり
東京

寒灯のひとつフランス料理店　東京

葱刻みゐる仮の世もまたの世も

小春日のことにやさしき馬の耳

宇治橋を駆けてころびし七五三

神垣の内の月日へ散る紅葉

枇杷の葉に陽がさしてゐる小六月

小鰯にきらきらあつき冬陽かな

霜の朝天の岩戸の開く音す

有明の月みてをれば雁のこゑ

茜空からかりがねが現はるる

夢ばかりみて人を欲る冬ごもり

さざんかや寺院古りゆくにはあらず

あたたかき子の瞳みしより人許す

煮こごりや母のことばのやうに揺れ

うらぎりといふさびしさを冬の鵙

教へきて帯解くここち春隣

色足袋の月日に染まる寒さかな

うつうつとひとりの時間着ぶくれて

春北風や干潟をかける女の子

早春のなにより淡きベビー服

生きてゐることがせつなく如月は

からだじゅう鬱に冒さる春炬燵

見ることもみられることも東風のなか

梅散るや諸葛孔明夢の中

母を呼ぶ声まぎれなく花の中

さへづるや袴をたたみゐるときも
人に誠意あり忽然とぼたんの芽
家を見にゆく白梅の雨の中
大根に花咲いてゐる夕ごころ
花ちるやちかくてとほき空のいろ

死のごとき眠りから覚め花をみる

春陰や過去といふもののなき神馬

青だたみ水張りし田を見てゐる子

整然と田を植ゑしより夕日満つ

出る前のたけのこに土やさしかり

遷宮の社ありけり鳥雲に

初螢ただよふてゆく水の上

青田風ポプラが水の音はなつ

しばらくはしほからとんぼついてきし

詩に倦みて青田の畝目みてをりぬ

玉城（三重）

風詠社の本をお買い求めいただき誠にありがとうございます。
この愛読者カードは小社出版の企画等に役立たせていただきます。

本書についてのご意見、ご感想をお聞かせください。 ①内容について
②カバー、タイトル、帯について
弊社、及び弊社刊行物に対するご意見、ご感想をお聞かせください。
最近読んでおもしろかった本やこれから読んでみたい本をお教えください。

ご購読雑誌（複数可）	ご購読新聞 新聞

ご協力ありがとうございました。

※お客様の個人情報は、小社からの連絡のみに使用します。社外に提供することは一切ありません。

料金受取人払郵便

大阪北局
承　認
6123

差出有効期間
2023 年 5 月
31日まで
(切手不要)

郵便はがき

553-8790

018

大阪市福島区海老江5-2-2-710

㈱風詠社

愛読者カード係 行

ふりがな お名前				大正　昭和 平成　令和　年生　歳
ふりがな ご住所	□□□-□□□□			性別 男・女
お電話 番　号		ご職業		
E-mail				
書　名				
お買上 書　店	都道府県　市区郡	書店名	書店	
		ご購入日	年　月　日	

本書をお買い求めになった動機は？

1. 書店店頭で見て　2. インターネット書店で見て
3. 知人にすすめられて　4. ホームページを見て
5. 広告、記事（新聞、雑誌、ポスター等）を見て（新聞、雑誌名　）

いろ淡きほど蕊つよき立葵

城あとの校舎へ夏の少女たち

日焼して手足のながき女の子

没日はや雲そまりゆく淩霄花

百歳の父がみてゐる一瀑布

水照りして辰巳深川木場に夏

天の川たてがみといふ老いざるもの

継母逝く

夢であひし母の情や明易し

突然の死出の旅ありねむり草

死化粧の紅ひえびえと明易し

霊安室から涼風の闇へ出る

うつくしき色ある夢をみて晩夏

雲晴れてゆく初秋の伊勢平野

粧はぬ母の死化粧雁来紅

一族の墓秋雲の丘の上

伊船

鼈甲の笄秋のはじめかな

お遍路の影曳いてゆく秋の浜

忘れたきことひとつあり秋暑し

たましひのゆくへ馬追さへ知らず

子の手より螢火おつる草の上

釣ってきし魚づくしの夜長かな

椎の実がおちる二の丸三の丸　皇居

黒鳥も日暮るるもののひとつかな　皇居

母のごと子に甘えをり露の夜は

ひとを恋ふこころにあかき曼珠沙華

曼珠沙華出てはじめての空に会ふ

――昭和六十一年

見えてゐてとほい校舎も冬に入る

犬しかる声がしてゐる小春かな

鮒釣りの人がみてゆく返り花

医院出て祭の中をもどりけり

コスモスの風にもつるる月夜かな

コスモスを眠りし吾子に見せてゐる　清里

きつつきの音に目覚めし二重窓　清里

もみぢして城もお堀も静かなり　津

漱石の忌なり記憶の落葉ふむ

東京

葱ぬきにゆく小綬鶏のこゑの中

自信なききゆゑの多弁やどっと冬

似たものの同志夕暮れて落葉焚く

風すこしある月の夜の道祖神

さきの世の縁やいかに薄氷

傷つけてまた傷ついて寒きかな

雪催ふ極楽橋を見てとほる

牡蠣の殻割りて契のことふっと

街路樹に実がなってゐる芭蕉の忌

東京

まっさきに年あらたまる子供部屋

幼な子も稽古始の顔となる

初舞の扇をえらぶ真夜なりし

雪もよふ結城紬の緋衿かな

風花やはるけきものの声がする

森ぬけてみて墓所に出る枯の中

立春の風吹いてゐる城下町　田丸

きさらぎの夢のつづきの山廬行

あるときは父のまなざし蘭の花　龍太先生宅

ひとごゑのふっと遠のく冬日射

啓蟄の足洗ひゐる水迅し

さんさんと打粉とびちる冬の星　久居

懐剣のきっさきを打つ春の闇　久居

雪どめに鳥がきてゐる山廬かな　山梨　龍太先生宅

初つばめ人送りまたひと来る

貝寄せやかもめ幾万ひるがへる

さへづりや身ほとりに置く万葉集

睡眠薬のみ水色の春の闇

園児くる苺のにほふ雨のなか

海をゆく蝶のまなこを夢のなか

風がきて風にながるる藤の花

千本の桜にとどく木遣唄

泣き顔のすぐにけろりと豆の花

植ゑかへし紫蘇まぎれなくにほひけり

しばらくは海の上ゆくしゃぼん玉

黒揚羽お木曳きあとの橋の上

巣つばめの翼みえたる写真館

月さしてゆく黎明の夏怒濤

船下りる犬と老人雲の峰

川曳きの綱まっしろや山の藤

梅雨冷えの病院へ入る郵便夫

流れゆく繭をみてゐる蝶ならん

子を起こす声がしてゐる立葵

汗ばみてなまけごころのなかにゐる

星降る夜トマトの花もまたたくか

走り梅雨かけてはならぬ情あり

安心の瞳をとぢてゆく梅雨の夜

螢火や星空をゆく汽車の音

鯛裂けば鈎うつくしき土用かな

何もせず日が暮れてゆく梅雨晴間

螢火のひと日ゆらぎし夢の中
満ちくるものに田面の風蝉のこゑ
闇で子を生みしおもひの秋夕べ
看護婦のことば気になる夜の秋
金色のとんぼ見しより癒えはじむ

コスモスの空一番星二番星

からだぢゅう耳となりたる花火の夜

笹舟や家々のまへ水ながれ

コスモスを庭中咲かせ病んでゐる

コスモスが咲き青空がやはらかき

コスモスの咲く前の夜の通り雨
鳳蝶きて曼珠沙華よろこばす
森ちかく秋雨をみし昼さがり
天守閣よりまっさきに秋の声

——昭和六十二年

秋天のどこまで髙む鳶ならん

小春日の小春の風の行方かな

露けしや衒へて計る体温計

曼珠沙華愛されつづけゐて倦みし

コスモスの終りのいろに空やさし

冬陽あたたかきらきらとすべり台

冬晴れの図書館で会ふ山盧集

コスモスの種にあつまる雀たち

藤の実のはじけし音を夕日中

堀氷るどこへもいかずさざなみは

復活といふことばふと冬至の夜

ラグビーの影まぎれなく戦へり

見えてくる齢ありけり薄氷

南天の健気な赤に雪降れり

ぼたん雪空の不思議なところより

ある日ふとおもひめぐらす冬すみれ

死神が母の顔してくる寒暮

わが屍海へ投ぐべし初祈り

初夢や遺句集の句を選びゐる

薬湯の喉落ちてゆく冬陽かな

花八ツ手朝日におびえ咲いてをり

病みなれて疲れて眠る枯野星

雪はげし夢の中まで波郷の句

きさらぎのある夜の夢のかぐや姫

泣きながら子が追いかけてくる寒暮

畦焼の済みしゆふやけみてゐたり

胎内の記憶おそろし昼寝覚

愛するはときめくことか沈丁花

宮邸の鶫に春の陽とどかざる

高松宮邸

雪がきて小鳥とびちる畷径

小鳥見て人に会ひたくなき日かな

生き死には枯野の果ての風の音

初蝶や地の瞳天の眼またたける

みなそこの砂流れゐる彼岸かな

初つばめ来て人をみる城下町

かげろふや川を見おろす墓域あり

ささなきやおとぎの国のやうな家

春風や恋のなごりの紅絹のいろ

あざやかな夢のつづきへ春の風

つらぬきしことただひとつ真夏の陽

妻恋の凫にやさしき空があり

いま植ゑし早苗深息してゐたり

暮れぎはの田畑はなやぐ五月かな

山吹や魚町大人の住居跡

初螢またたきながら手より落つ

おさな子の肩やはらかき芹の水

おぼろ夜の父にきいてはならぬこと

小鼠の瞳のおどろきに会ふ薄暑

ひらく刻もっともにほふ月見草

子うさぎの耳のももいろ青すすき

ぽきと音してみどりなる夜の胡瓜

謝りしあとの涙や梅雨寒し

お木曳の幡の真竹の太さかな

旧道をゆく炎天の郵便夫

切られゐるたばこの花にどっと雲
燕くる田水澄む日も澄まぬ日も
手鞠ころげる蔓薔薇の真くれなゐ
保育所の前もうしろも花火の輪
たましひのぬけゆくおもひ夏の風邪

宮川花火

銀座三越祖母の世の花氷

しんと絵馬しんと折鶴蝉しぐれ

かたつむりうつうつおのが殻のなか

汽車過ぎゆく銀やんまなど見てをれば

船おりてまづ朝市の客となる

洞爺プリンスホテル湖畔亭（二句）

師とおなじ真夏の夢をみむと来し

みづうみの花火みてゐる病みあがり

耀ごゑの真上すずしき鷗たち

ふいに鶯啄木の墓の前

海鵜とぶ街のチンチン電車かな

道標の文字のたしかさ天高し

あかときの廊下に線香花火かな

水薬の目盛りたしかむ晩夏光

星形の城あと菱の花ざかり

コスモスの影ゆれてをり濯ぎをり

秋草の花のせて舟流れゆく

稲架日和峠越えたるおもひかな

蛇笏忌とおもふ篝火みつめつつ

屋上へ富士を見にゆく青みかん

東京

前髪を切りそろへゐる曼珠沙華

面映ゆき電話ききをり夕焼空

——昭和六十三年

トドの眼もピラニアの目も秋さなか

歳月の冷えをあつめる乗馬靴

秋冷の髪ぬれてくる秋の雨

鈴屋の土間のくらがり石蕗の花

落ちさうな夕日さやけき二条城

秋の空より数隻の船現れし

園児らの入りし森なり通草熟る

七日過ぎたる犬の仔に秋陽濃し

お手玉のなかの小豆の寒さかな

風の音いく夜ききたる木守柿

午後の陽をたっぷりあつめ落霜紅

まだなにも来ぬ南天の実がまっか

市電いま橋の上ゆく冬日和　岐阜

立冬の陽をあびてゐる小鳥籠　岐阜

まなじりの紅なほしるる枯のなか

耳鼻科医の声よくとほる黄落期

蔵しづか寺の屋根みえ芭蕉見え

元旦の灯をうつしゐる五十鈴川

初日あびゐし貝がらを拾ひけり　二見

五日はや倦みて棺に入りし夢

石垣の睡りをさますす芹の水

叔父逝く　享年五十五才

忽然と消えし星みて寒きかな

春満月夢を語るに齢なし

星空を賜ふ余寒の誕生日

紅絹にほふ身八ツ口より春の風

新入生いま母の前とほりすぐ

遠足の列のうしろの乳母車

初花を見上げてまぎれなく親子

天も地も照る日とおもふ初鰹

かげろふやゆらゆらもどる一年生

風邪の子がひとり寝てゐる雪柳

斎王のこゑにはあらず蝉の声

雀の子拾ひてもどる雨の中

揚雲雀いまが至福とおもひゐる

五月憂しなにもうつさぬうさぎの瞳

時刻表古りし駅舎へ青田風

短夜のおもひに札幌市街地図

立葵素直に育ちゐることも

やさしさをとりもどさねばいねのはな

かくれ住むごとくゆらゆら昼寝覚め

目眩かすかに珊瑚樹の花の下

人待つや定家かづらの花をみて

夜の秋の開きてわたす広辞苑

罌粟咲くや優しさときに疎ましき

稔り田のいづこにゐても小学校

祈りとは露のしづくの真かがやき

罪人のごとく鳴子の中とほる

秋光のまったきものに上り窯

――昭和六十四年（平成元年）

ひとり子と見てゐる夜の鰯雲

晩秋の灯のともりゐる小学校
芭蕉忌の雨のおときく枕元
コスモスの縺るるままの夕明り
いさかひのまっただ中に冬の虹
なぐさめの言葉ききゐる霜の夜

数へ日の保育所へ入る郵便夫

大年の火の粉を見上ぐ女の子

訃報はや七草の野をわたりくる

きさらぎの風にやんごとなきひかり

ぬばたまの闇に雛のこゑありし

シクラメンおのがひかりに倦みてをり

それぞれに病みゐる家の蕗のたう

たのしさのはじけむばかりねこやなぎ

紅梅はまったき空を慕ふかな

後悔のおもひ纏るる余寒かな

ある日ふと師のこゑきこゆ梅の空

あるときは陽にただよふて黄水仙

かげろふやこゑなき夢に目覚むころ

壊さるる講堂にゐて春のこゑ

しづかなる南大門の雀の子

魚信とは胎動に似て明易き

病院へ嬰みせにゆく花菜風

千枚の植田落暉を離さざる

滴りしものに国際電話かな

アメリカは遠し植田の落暉みて

少し病み白夜の話きいてゐる

棟上の日空あかるくさみだるる

植田きらめきさざなみに落暉あり

水着干す子の髪かくも黒かりき

パリ祭のもっとも揺るるプラタナス

まなざしの真すぐにくる濃あぢさゐ

捨てしもの捨てられぬもの夏がゆく

図書館へ坂のぼりゆく雲の峰

穭田を駆けまはりゐる魂ひとつ

捨てられぬものかく多き秋暑かな

新しき家に灯の入る暮秋かな

――平成二年

秋天の星みて眠る新居かな

闇をゆく一輛の汽車あたたかし

ゼニガメが首伸ばしゐる小六月

月が明しと眠られぬシクラメン

気力なきこと罪に似て年が逝く

汽車を見てひと日過ぎゆく冬館

温泉にひとりしづみて枯野見て

初日拝みてしあはせな枕元

はっきりと夢をおぼえてゐる寒さ

氷る夜の一語もっとも優しかり

春浅し草のにほひの風にあふ

引っ越しの荷のこまごまと春めける

川氷る話ききゐる病者かな

ひたすらに硝子磨けば日脚伸ぶ
春光のひと日笛の音きいてゐる
あたたかし湯ぶねを洗ふ水のおと
担任にほめられてをり着ぶくれて
どの子にも父と母ゐてあたたかし

死神と睦みて別る弥生尽

人に世に甘えて生きて花を見る

賜はりし句集生きよと閑古鳥

文字書けぬ日のうつうつと霞みけり

母の日の母のかなしみ子は知らず

洗い髪すくや雲湧く山をみて

一輌の汽車ゆく大地みどりなる

斎王の祈りもっとも露けしや

つつまれて闇のやさしき螢の夜

螢くる窓辺病ひの中にゐる

なにも見ずきかず生きゆく螢草

頂上といふ真夏日の不安あり

島の子が集まってくる桐の花

神島

どこまでも父を追ひゆく螢の夜

ひととゐて淋しきおもひちちろ虫

もどり来ていま涼しさのなかにゐる

——平成三年

まだ就いてゆく父のあと神輿のあと

父と子の入りたる森や秋日濃し

読めず書けず耳がふくらむ黄落期

戦ふは病にあらず返り花

冬薔薇の強さやさしさ思ひゐる

たっぷりの陽を浴び睡る冬苺

返り花おのれ励ます色ならむ

夕日に染むはコスモスを焚くけむり

鶺とびたつ休息の地がまぶし
満開の梅の香にゐる誕生日
うららかや死ぬるもよきか目覚めねば
暖かし薬湯の香も鳥の音も
貝寄風や失ひしものの鮮やかに

弥生かな異教の地より友もどる

生きるとは戦ふことか梅雨の花

ほととぎす鳴けば近づく山と星

夫と子に看られし日々かすみけり

子に遺すもののひとつに単帯

スギナ干す夫子日向のにほひかな

馬追は闇より生れて闇をうつ

夕顔やひらりと星へちかづきぬ

馬の背へひらりと氷菓食べしあと

いま降りし馬曳いてゆく雲の峰

髪伸びてゐしひとり子と露の夜を

曼珠沙華散らぬは愛かあきらめか

コスモスの揺れの中なる一家族

噎して二日つづきの通夜にゆく

いつからか鬱コスモスの花ざかり

——平成四年

夢で会ふ人二・三人返り花

大切なもの失せやすし冬の虹

霜晴や手足のながき女の子

城山の冬日まったき出合ひかな

冬陽あたたか坂おりる人達も

シクラメンあふる殿町通りかな

菜の花のにほひの中を登校す

ときどきは甘えを許し水温む

犬消えし野はきさらぎの風ばかり

まだ書けぬ文二三通春の風邪

春くると鳥が童女の声を出す

なつかしき手紙きてゐる花の昼

帰雁かな伊勢よりもどる夕暮れに

鵺啼くや寝息ますます深くなる

母逝きし病院に入る薄暑光

あひるの子生れし日といふ五月晴れ

サクランボ捥ぐときめきの季なりし

青梅や昼のちかづく鳥のこゑ

しゃくなげのなにより淡きひかりかな

「俳壇」より　少女の髪（六句）

「俳壇」一九八四年（昭和五十九年）八月号

夏の川子をうばはるる思ひあり

卯波白くてをさな子の手の強さ

子の髪のさらさらポプラ新樹かな

明日香風深みし春をいぶかしむ

山吹やこつぱみじんの記憶あり
うつくしき男の笑顔夏に入る

合同句集より

「雲母三重笹鳴会第一集」（昭和六十年）

曼珠沙華

馬追や祈りはいつも内にあり

みづうみをゆくしんしんとつめたき手

人間がゐて寥寥と涅槃寺

逃水や峠はいつも夏のにほひ

後悔といふ梅の香のごときもの

子は産むべし十月は生きるべし

胎動といふあたたかき闇のこゑ

優しさに馴れてかなしくなる跣足

産着縫ふこと涼しさのはじめなり
こころとけゆく暑き日を腕の中
いま生れし髪にふれたき秋の夜
わが子明日香月光よりもかぐはしき
転生か帰依か夜明けの曼珠沙華

風邪の子を抱きわが病わすれゐる

風車黄泉のこゑもて廻りけり

いとし子をさみしがらせて春の霜

一本のローソク炎えてゐて涼し

母知らぬゆゑのつめたさ雪女

大粒の涙とびちる犬ふぐり

短夜やふつと底なし沼のこと

島抜の流人おもへり夜の南風

水よりも雲のかがやく蓮の花

わが生みし子に手をひかれゆく枯野

飛びさうな天の香久山夕がすみ

夏の川子をうばはるる思ひあり

明易き寝顔に許し乞ふてゐる

明易しうつつに夢をみることも

花ちるやちかくてとほき空のいろ

「雲母三重笹鳴会第二集」（平成五年）

涼

青田風朝のコーヒー夫より受く

巣立といふことば涼しき億の星

天の川たてがみといふ老いざるもの

ひとり子といのち分けあふ秋風裡

牡蠣の殻割りて契のことふつと

胎内の記憶おそろし昼寝覚

手鞠ころげる蔓薔薇の真くれなゐ

しんと絵馬しんしんと折鶴蟬しぐれ

やや殺気あり七月の簪は
しばらくは海の上ゆくしやぼん玉
あぢさゐや許せぬこともありぬべし
黒揚羽ときに躁の樹鬱の花
つゆくさはあべのいらつめの涙ふと

漁火のひとつは夫が烏賊釣る灯

吾子もまたこゑをださずに泣く暮秋

きさらぎの夢のつづきの山廬行

コスモスを庭中咲かせ病んでゐる

祈りとは露のしづくの真かがやき

死神が母の顔してくる寒暮

しづかなる南大門の雀の子

洞爺プリンスホテル湖畔亭　二句

師とおなじ真夏の夢をみむと来し

みづうみの花火みてゐる病みあがり

耀ごゑの真上すずしき鷗たち

かなしみのまつただなかに踊るかな

歳月の冷えをあつめる乗馬靴

新入生いま母の前とほりすぐ

雀の子拾ひてもどる雨の中

洗ひ髪すくや雲湧く山をみて

滴りしものに国際電話かな

ひとゐて淋しきおもひちちろ虫

新しき家に灯の入る暮秋かな

螢火や星空をゆく汽車の音

揚雲雀いまが至福とおもひゐる

まだ就いてゆく父のあと神輿のあと

月が明しと眠られぬシクラメン

読めず書けず耳がふくらむ黄落期

夕日に染むはコスモスを焚くけむり

うららかや死ぬるもよきか目覚めねば

子に遺すもののひとつに単帯

短夜のおもひに札幌市街地図

頂上といふ真夏日の不安あり

やさしさをとりもどさねばいねのはな

曼珠沙華愛されつづけゐて倦みし

夢の中まで後悔の虫のこゑ

馬の背へひらりと氷菓食べしあと

はつきりと夢をおぼえてゐる寒さ

立葵素直に育ちゐることも

ゆく秋の花束わたすことできず

煮凝や記憶の扉幾重にも
つらぬきしことただひとつ真夏の陽

あとがき

二十代から始めた俳句ですが、句集出版のタイミングを逸したまま、半世紀近くになりました。今までに幾度か機会はありながら、自選で迷い、時を過ごしてしまいました。

令和改元の少し前から、請われて、地元の中央公民館で、万葉集勉強会を開いています。

その教材として使用していますす中西進さん版の万葉集（講談社文庫）にヒントを得て、自選をせずに、飯田龍太先生選の「雲母」誌の入選句を並べるだけでいいのでは、と思い至りました。

私は、万葉人が歌うように俳句をつぶやいてきました。正直に生き、正直に詠うことをなによりも大切にしたいと思っています。

私の俳句は、生の証を記す日記です。季語は心だと思っていますので、句を見ると、その時々の情景が鮮明に蘇ります。

平成四年の突然の雲母終刊の後は、暫く「白露」へ引き続き投句していましたが、俳句への熱意を失い、中断。

龍太先生亡きあとは、嘆き暮らしておりました処、「龍太のあとは、兜太しかない。出しなさい」と主人に背中を押され、「海程」へ入会致し、投句を通じて兜太師と対話することができました。

その折に感じた「選が同じだわ」という直感は、貴重な体験だったと思っています。

伝統俳句と現代俳句のお二人ですが、終刊までの十年間の投句は、龍太選のような錯覚さえ覚えました。海程等の俳句は、またの機会にと思っています。

俳句に出会ったことにより、たくさんの素晴らしい、不思議なご縁を得て参りました。

この句集に、新しい「出会い」がありますよう、祈っています。

当初から私の俳句に理解を示し、批評をしてくれたり、吟行や句会に協力的だった主人の存在をありがたく思います。

そして、ひとり娘とその子である初孫のために、句集を遺せる幸せを、感謝致します。

その希望を適えていただきました風詠社さんの大杉剛様には大変お世話になり、ありがとうございました。

令和三年五月七日　朝陽くんの三歳のお誕生日に

臼井　悦子

振りかへり吾を待ちゐる子あたたかし

悦ちゃん

十月号巻頭作家紹介より

昭和五十二年度の教室は花の三期の三人娘と誰かが謳った清子、満世、悦子等の新入で沸いた。ことに、その末娘は当初から悦ちゃんの愛称でグループのマスコットだった。

髪を後で二つに編んでお下げにした、一向に辺幅をかざらない学生あがりのようなざっくばらんさが年配の間に伍すと如何にも新鮮で、誰彼の親愛をあつめるのだつた。それに純粋で一途な性格は、はらはらする程の直情径行で、何かまぶしい位にきらきらするものを周辺に発散させていた。今思うと、子供もなく、多少の躁気の彼女は夫君の愛情のなかで、主婦業の苦渋にも染まず、彼女自身子供のような天真さで振る舞っていたようだ。

が、こうした恃負とは裏腹に、ちょっぴり淋しがりやの一面もあって、それがまた悦ちゃんらしい魅力になっていた。彼女らとの吟行で、木蔭でひとり弁当を遣っていると、やって来て「先生おくう（お呉れ）」と手を出し、海苔巻の結飯をひとつ巻きあげて頬張り、大仰に「わあ！先生のおいしい。おいしい。あんたにも」と隣へ裾分けし、自分のをお返しに私の膝へ置いてゆく。そんな茶目気と、人なつこい甘えの演出で吟行を楽しくさせる。趣味というのか、好奇心が強烈というのか、手当り次第、何にでものめり込む。

乗馬、釣り、草野球のスコアラア、ヨット等はご主人との共通。扇舞、着付、野鳥、植物、俳句は別枠。度重なる奈良吟行では、すっかり古代史に憑かれ、いつの間にか通信制に籍を置き日本史の講座に出る。「先生ってすごいって主人が云うの、学生時代遊びぱなしの悦子が勉強に凝りだすんだからって…」何がひとのせいなものか。ご自身の好奇の魔心にかき立てられての業ではないのか。

彼女の俳句の雲母への初出は五十二年十一月号から、

馬追や祈りはいつも内にあり

初入選一句が珠玉集に。以後珠玉集三回。

後悔という梅の香のごときもの

では、完全に脱帽、鳳雛は天へ放たねばと思った。そして、五十六年十月号で巻頭。

この人くらいナイーブな感性、天真の情念で自分自身を詠い続けて来たのも珍らしい。眼はいつも自己の内奥に向け、こころの襞にたゆたう情念を美しく形象化する。それと鮮烈で大胆な夫恋俳句。病める薔薇を支えて来た深い大きな愛情への思念であろう。明日香ちゃんの誕生で、今はすっかり病抜けと聞く。広い東京の空で精一杯羽ばたいて欲しい。

（栗林田華子）

（「雲母」昭和五十六年十一月号）

第一回 味の素KK ほんだし

俳句大賞

発表

（選者）

飯田龍太
大岡信
角川春樹
金子兜太
鷹羽狩行
塚本邦雄
野澤節子
藤田湘子
森澄雄
結城昌治

50音順

●大賞

賞（賞状・旅行ギフト券30万円分
選句集・味の素KK製品詰合せ）

煮凝や記憶の扉幾重にも

臼井　悦子

（三重県度会郡玉城町）

昭和25年三重県生。
昭和52年久居市公民館俳句講座（師・栗林田華子）受講、「雲母」初投句。
昭和56年10月「雲母」誌「作品」欄巻頭。
雲母選賞候補二回。

（受賞感想）

五月十四日、受賞のお電話をいただきました。とても信じられません。夢をみているようでした。

募集記事を読んだ時から、選者の素晴らしさに惹かれ、是非投句したいと思っていました。尊敬する俳人・詩人の方々に見ていただける幸せな機会は、そうあろうとは思えなかったからです。

私にとって俳句は、生の証を記す日記です。この句も、いつも心の中にあったものが、ふっと出てきたのです。おもいが、俳句の形になったようでした。

そんな句が、敬愛している選者の先生方の目にとまり、選んでいただけたということが、受賞の事実よりも、何より嬉しいのです。

今だに夢心地です。幸運だったのだと思うより他ありません。たくさんの人に感謝したい気持ちでいっぱいです。ありがとうございました。


（「俳句とエッセイ」昭和六十二年七月号）

臼井　悦子（うすい えつこ）

昭和 25 年　三重県生まれ。
昭和 52 年　久居市公民館俳句講座（師、栗林田華子）受講。
　　　　　　師により「雲母」入会。初投句が珠玉集に。
昭和 56 年　10 月号巻頭。
　　　　　　雲母選賞候補 2 回。
昭和 59 年　「俳壇」8 月号「少女の髪」雲母より参加。
昭和 62 年　コスモス句会指導。
昭和 62 年　第 1 回味の素俳句大賞受賞。
　　　　　　同年、第 2 回東海雲母の会、龍太選特選。色紙を賜る。

句集 記憶の扉

2021 年 9 月 7 日　第 1 刷発行
著　者　臼井悦子
発行人　大杉　剛
発行所　株式会社 風詠社
〒 553-0001　大阪市福島区海老江 5-2-2
大拓ビル 5 - 7 階
TEL 06（6136）8657　https://fueisha.com/
発売元　株式会社 星雲社
（共同出版社・流通責任出版社）
〒 112-0005　東京都文京区水道 1-3-30
TEL 03（3868）3275
装幀　2 DAY
印刷・製本　シナノ印刷株式会社

ISBN978-4-434-29473-0 C0092
